畫 皮

中國神怪故事

商務印書館編輯部

商務印書館

畫皮 —— 中國神怪故事

作　　者：商務印書館編輯部

責任編輯：洪子平

封面插畫：張菲婭

內文插畫：彭宇霖

出　　版：商務印書館 (香港) 有限公司

香港筲箕灣耀興道 3 號東匯廣場 8 樓

http://www.commercialpress.com.hk

發　　行：香港聯合書刊物流有限公司

香港新界大埔汀麗路 36 號中華商務印刷大廈 3 字樓

印　　刷：美雅印刷製本有限公司

九龍觀塘榮業街 6 號海濱工業大廈 4 樓 A

版　　次：2017 年 1 月第 1 版第 1 次印刷

©2017 商務印書館 (香港) 有限公司

ISBN 978 962 07 0436 9

Printed in Hong Kong

目錄

白蛇傳　　　　　　　　　　1

畫皮　　　　　　　　　　　20

狐朋酒友　　　　　　　　　31

失效的法術　　　　　　　　39

菊花姐弟　　　　　　　　　52

瘋道士種梨　　　　　　　　63

蛇的報恩　　　　　　　　　70

神秘的「醫術」　　　　　　80

從畫中跑出的馬　　　　　　89

鬼仙治病　　　　　　　　　94

白蛇傳

　　小朋友，説起杭州，你一定會想到美麗的西湖。但你知道西湖旁邊的那座雷鋒塔嗎？在那座塔下面，其實還藏着一個感人的神話故事呢。

斷橋相會

　　很久以前，一條白蛇和一條青蛇在深山中修煉了一千多年，終於修成了人形。由於忍受不了長期在山中修行的苦悶生活，她們化身為主僕兩人，取名白素貞和小青，來到了繁華的西子湖畔，追尋人間的幸福。

那一年清明時分，西湖岸邊花紅柳綠，遊人如織，好一幅春光明媚的畫面。人羣當中有兩個如花似玉的女子特別地引人注目，她們一個一身白衣，另一個一身綠衣。不用說，她們正是白素貞和小青，趁着大好的春光，來到西湖遊玩。

當她們來到斷橋邊的時候，老天爺忽然發起脾氣來，霎時間下起了傾盆大雨，白素貞和小青被淋得措手不及、無處藏身。正在發愁的時候，她們的頭頂上突然多了一把傘，轉身一看，原來竟是一個溫文爾雅的年輕書生，正撐着一把傘在為她們遮雨。

白素貞與這位書生四目交替，不約而同地都紅了臉。小青看在眼裏，連忙說：「多謝！請問客官尊姓大名？」

書生忙道：「我叫許仙，就住在這斷橋前邊不遠的地方。今日我去靈隱寺附近上墳歸來，本想在這西湖美景當中好好暢遊一番，老天爺卻不作美，突然下起雨來了。所以我準備從這裏搭船回家。」

小青趕忙搶着說：「我叫小青，你叫我青青、青兒都行。這是我的姐姐白素貞，今天幸有公子相助，才沒有被澆成落湯雞，在這裏謝過許公子了！」白素貞只是在一旁含笑不語，小青想了想又說：「現在雨小了一點，我們姐妹也要回家，不如一起搭船吧！」

許仙一聽，正合他的心意，便招手叫了一隻船過來。三個人上了船，準備回家。船在細雨濛濛中快速前行着，不

一會兒，許仙就該下船了，而雨還沒有停。白素貞急着把傘還給許仙，許仙卻搶着說：「傘你們兩位姑娘暫且拿着，我已經到家了，你們還有一段路呢。」小青連忙回答說：「謝謝公子啦！不如……明天你來我們家裏取傘吧！」許仙答應了，小青便把她們的住址告訴了許仙。

溫文爾雅：溫文：態度溫和，有禮貌；爾雅：文雅。

　　　　形容人態度溫和，舉止斯文。

客官：古時候對客人的敬稱。

作美：指成全好事。

有情人終成眷屬

第二天，許仙果然如約而至。小青忙備了些酒菜，三個人邊吃邊聊，好不愉快！從此之後，許仙成了這裏的常客，他跟白素貞的感情也越來越好。小青看在眼裏，喜在心頭。因為經過這段時間的接觸，她也認為許仙是一個值得信賴的人。於是，有一天，小青好好地準備了一桌豐盛的酒菜，然後舉杯敬許仙和白素貞說：「許公子，你對姐姐的心意我早就看出來了，而我知道姐姐也喜歡你。擇日不如撞日，今天我做證婚人，你們兩個就把婚結了吧！以後我就改口叫你姐夫！」白素貞在一旁早就羞紅了臉，而許仙更是心花怒放！一口氣乾下了三杯酒。

就這樣白素貞跟許仙結成夫婦，過上了美滿的日子。不久以後，兩人來到鎮江，在這裏開了一間藥店，取名「保和堂」，賣藥的同時還為老百姓看病。由於白素貞醫術高明，心地善良，不但治好了很多疑難病症，而且她給窮人看病時，經常分文不收。所以店裏的生意越來越火，遠近來找她治病的人越來越多。人們還親切地稱她為白娘子。

　　可是，保和堂的興旺卻惹惱了一個人。誰呢？他就是金山寺的法海和尚。原來，在保和堂附近，有一座寺廟叫金山寺。以前香火一直很旺，得了病的人和他們的親戚朋友不時前去求佛祖保佑，也會供奉大量的錢財和物品。可自從保和堂開張後，好多病人都被白娘子

給治好了。慢慢地，到金山寺燒香拜佛的人就越來越少。香火不旺，法海和尚自然就不高興了。

心花怒放：怒放：盛開。心裏高興得像花兒盛開一樣。形容極其高興。

白娘子現形

法海和尚懂得一些法術，神通比較廣大。這天，他偷偷地來到保和堂前，看到白娘子正在給人治病，不由得妒火中燒。他再定睛一瞧，哎呀！原來這位白娘子不是凡人，而是一條白蛇精變成的！在識破白娘子的身份之後，法海就整日思考着怎麼拆散許仙和白娘子，搞垮「保和堂」。

法海想來想去，終於心生一計。他差人請許仙來金山寺作客。待許仙來了後，他故意對着許仙左瞧右看，然後說：「客官，你的面色看上去非常差，你知道是為甚麼嗎？我來告訴你！你的娘子是蛇精變的，你快點跟她分手吧，她現在只是吸收你精血，總有一天，她會吃掉

你的！」許仙聽後非常吃驚，但隨即生氣地回答説：「我娘子心地善良，温柔賢慧，你可不要胡言亂語！」法海冷笑道：「信不信由你，我可是為你好！我這裏有一瓶雄黃酒，下次讓你娘子喝一點下去，看看會發生甚麼！」

　　許仙認為法海是一派胡言，不過經不住他的糾纏，便把他給的酒帶回了家，隨手放在角落裏。接下來到了端午節這天，小青又準備了一桌子的好菜，説要大家高興高興，好好過個節。於是三個人邊吃菜邊喝酒邊聊天，十分快活。這時大家都有幾分醉了，許仙突然想起法海的話。便偷偷地拿出那瓶雄黃酒，將妻子的酒杯倒滿了。白素貞也沒覺得有甚麼異樣，便一飲而盡。後來三

個人都喝多了，許仙更是昏昏沉沉地睡了過去。

過了一會兒，許仙朦朦朧朧地睜開眼睛，發現妻子和青兒都不在屋裏。他一邊奇怪着人都去哪裏了，一邊走到臥室裏。當他一揭開羅帳，頓時嚇得魂不附體，昏死過去。原來牀上赫然躺着一條巨大的白蛇，睡得正香。

話說白素貞當時喝了雄黃酒就覺得渾身難受得不得了。後來掙扎着來到臥室的牀上，一躺下去就不省人事了，完全不知道發生了甚麼。等她醒來後，第一眼便看到丈夫昏死在牀邊，一摸他的鼻息，已經是氣若遊絲了。

白素貞馬上明白發生了甚麼，此時她的心情猶如刀割。但她甚麼都顧不上

了，只想着要救活丈夫。以她的經驗，像許仙現在這樣的狀態，只有一種長在蓬萊仙島上的靈芝仙草才能救他一命。她立刻找到小青，跟她交代了幾句，然後便拖着虛弱的身體，動身去蓬萊仙島採靈芝去了。

歷經了千辛萬苦，克服了重重困難，白素貞終於把仙草採回來了。她顧不上休息，馬上把仙草煎好，一匙一匙地餵給許仙吃。慢慢地，許仙的臉色一點點緩和過來，直到最後終於醒了。此時白娘子已經累得說不出話來，癱倒在地上。而醒過來的許仙，總覺得之前發生的一切模模糊糊，似夢似真。

生活又恢復到從前那樣，好像甚麼也沒有發生過。平時在保和堂裏，白娘

子仍然負責給人看病，許仙負責給人抓藥。兩人配合默契，十分和諧。

糾纏：指被人煩擾着，脱不了身。

朦朦朧朧：指一個人處於不怎麼清醒的狀況之中。

魂不附體：靈魂離開了身體。形容極端驚恐之下，極個人的狀態顯得極不正常。

赫然：形容令人敬訝的樣子。

氣若遊絲：形容一個人氣息十分弱小，快要死去。

　　有時候相愛的人之間也會隱藏着巨大的秘密，

如果一定要揭開，受傷的可能是自己。

水漫金山寺

　　這下法海又不高興了，他借機又把許仙請到金山寺裏。許仙見到他，十分反感，大聲説：「和尚，今天我來就跟你説清楚：不管我娘子是人也好，蛇也好，她心地善良，對我情意深重，她永遠也不會害我，我也永遠不會離開她。更何況她現在已經有了身孕，我更要好好地愛她、呵護她。」

　　法海聽見許仙這樣説，有些惱羞成怒。他強行要求許仙隨他出家，許仙自然不肯，轉身要走。這時候，法海一把抓住許仙，把他關在了金山寺裏。

　　在保和堂裏，白娘子正焦急地等待許仙回來。一天、兩天過去了，左等右等都不見丈夫歸來，白娘子簡直心急如

焚。後來小青出去到處打聽，才終於打聽到原來許仙是被金山寺的法海和尚給軟禁了。白娘子趕緊帶着小青來到金山寺，苦苦哀求，請求法海放許仙回家。

　　法海一陣冷笑，說道：「大膽妖蛇，我勸你還是快點離開人間，否則別怪我不客氣了！」白娘子見法海拒不放人，無奈之下，只得拔下頭上的金釵，迎風一搖，掀起了滔滔大浪，她又發動了蝦兵蟹將，向金山寺直逼過去。法海眼見水漫金山寺，連忙脫下袈裟，變成一道長堤，攔在寺門外。白娘子的大水漲一尺，法海的長堤就高一尺，大水漲一丈，長堤就高一丈，任憑波浪再大，始終也漫不過去。最後白娘子因有孕在身，漸漸體力不支。終於敗下陣來，和青兒一

起逃回了杭州。

趁白娘子和法海混戰之際，許仙偷偷地跑了出來，逃回到了杭州。在西湖的斷橋上，許仙和白娘子、青兒又重逢了。此時，白娘子責備許仙過於輕信，青兒則恨許仙懦弱無能，舉劍要殺了他，被白娘子攔住了。後來許仙承認了自己的錯誤，三個人又重歸於好。此時，白娘子分娩在即，三個人便一起來到住在西湖附近許仙的姐夫家裏安身。

軟禁：指在正常的環境中被人看守着，不許自由行動。

分娩：誕生後代的行動或過程。

仕林救母

不久以後，白娘子生了個男孩，取名許仕林。一個月後，正當她們一家人興高采烈地為小仕林慶祝滿月時，法海和尚又趕來了。這一次，他使出渾身解數，高高舉起金缽，直接把身體還很虛弱的白娘子壓在了雷峰塔下面。他還一邊狂笑着說：「你這妖蛇，扮人來人間禍害，還水漫了金山寺，罪大惡極，壓你在雷峰塔下好好反思。二十年之後，待你兒子高中狀元之日，才是你出塔之時。」

許仙傷心欲絕，將許仕林交給姐姐照顧，然後獨自前往金山寺出家，為白素貞贖罪，好早日出塔。而小青則心灰意冷，繼續回深山裏修煉，準備日後為

姐姐報仇。

　　說起許仙和白娘子的兒子許仕林，他自小便聰明伶俐，勤奮好學，長大後博學多才，一表人才。在白素貞被雷峰塔壓住二十年後，許仕林參加了科舉考試，不負眾望，奪得了狀元。那一天，許仕林來到雷峰塔前，真誠地祭拜。他的孝心感動了天地，白素貞終於得以出塔，重見天日。許仙、白素貞和他們的兒子一家團聚，小青也回到了他們的身邊。從此一家人幸福地生活在一起，再也沒有分開過。

　　下次你去西湖的時候，看看在斷橋邊，雷峰塔旁，能不能找到他們一家人的影子？

渾身解數：渾身：全身；解數：代指武藝。指擁有的

　　　所有本領和全部技術。

畫皮

　　王生是太原人。一天，因為要出遠
門辦事，天還沒亮他就上路了。在路上，
他朦朦朧朧地看到前方有一位少女，也
在低着頭往前走。王生快走幾步，追上
了她。原來這是個十六、七歲的女子，
生得十分美麗，卻似乎滿腹心事、鬱鬱
寡歡。於是王生跟她邊走邊聊，這才知
道，這位少女的父親急着用錢，便將她
賣給了一個有錢人做妾。但是有錢人的
大老婆很不喜歡她，平時不停地要她做
這做那，稍不順心就拿她出氣，對她非
打即罵。她實在受不了這種非人的生

活，就找機會逃跑出來了，又不敢回娘家，現在連往哪裏去都不知道。

王生看她楚楚可憐的樣子，心裏不禁生起同情之心。他忍不住脫口說道：「不如你跟我走吧！等我辦完事，你跟我一起回家，在我家住一段時間，其他的事情，慢慢再想辦法吧！」少女一聽，連連點頭，欣然接受。

當天她就跟着王生回家了。進門前，少女又對王生說：「如果你真的同情我，想救我的話，就一定要保守秘密，別告訴任何人我在這裏。」王生答應了，他就直接把女子領到書房裏，沒有跟任何人講。當天晚上，王生忍不住跑到書房，跟少女睡在了一起。過了幾天，王生覺得這樣長期瞞着妻子也不是辦法，

就把事情告訴妻子陳氏。陳氏非常生氣，又擔心那個女子來歷不明，便勸王生趕快把女子送走，可是王生此時已經完全聽不進去了。

這天，王生去市場辦事，碰到了一個道士。那道士一見到王生，就十分驚訝地問他：「最近你有沒有遇見甚麼髒東西啊？你渾身上下都已經被鬼的邪氣包圍住了！」王生有點心虛，但他心裏想：「不會啊，明明是個很美的少女啊，怎麼可能是鬼呢！」所以他一口咬定說沒有。道士一邊搖着頭走開，一邊說：「唉，這世界上有些人真是糊塗啊！死到臨頭卻還不肯醒悟。」王生聽見了道士的話，心想道士不過是為了騙幾個錢，所以沒當一回事。

回家後，他直接來到書房，想看一眼少女。卻發現有人從裏面把門堵上了，怎麼打也打不開。王生於是小心翼翼地走到窗口往裏面看。這一看，他嚇得魂飛魄散。原來牀的旁邊坐着一個表情恐怖、牙齒尖利的綠臉女鬼！而牀上正鋪着那張少女的人皮，女鬼正拿着毛筆在人皮上描描畫畫。接着，女鬼舉起人皮，象穿衣服一樣把人皮穿在自己身上，一眨眼那個醜陋的女鬼就變成了他認識的那個漂亮少女了。

　　好半天，王生才緩過神來，連滾帶爬地出了家門去找那個道士。好不容易找到了，他驚魂未定地求道士說：「大師你一定要幫幫我！請幫我驅走這個鬼啊！」道士回答道：「不是不行，只是

　　世界上總有一些糊塗和愚蠢的人，分不清他看到的東西是人還是鬼。

這隻鬼也很可憐，她最近才剛剛找到替身，我也不忍心把她殺死。不過我這裏有一個物件，你可以先拿去抵擋一下。」說罷，道士拿出了一個打蒼蠅的拂子遞給王生，叫他睡覺時把此物掛在睡房的門口。

王生回家後，再也不敢到書房去，趕緊走進自己的臥室，並把那個拂子高高地掛在了臥室的門口。夜裏王生輾轉難眠，過了很久才提心吊膽地睡着了。半夜時分，那女子來到門口，想進去，看到門上掛的拂子就停住了，遲遲不敢靠近，在門口徘徊了很久，最後她對着門口破口大罵：「臭道士，敢拿這東西來嚇我，我豁出去了！」說完她一把抓下拂子，三下兩下把它撕得粉碎，然後

就踢開門闖了進來，直衝到王生的牀上，用她的利爪一挖，把王生的心臟挖了出來，然後揚長而去。王生的妻子看着渾身是血的王生，嚇得不省人事。

第二天天剛亮，王生的弟弟王二郎過來看到哥哥的慘樣，趕忙跑去告訴道士。道士生氣道：「我本來想放她一馬，沒想到這女鬼竟敢這樣放肆！走，我跟你去抓鬼！」他跟着王二郎來到王家，卻發現女鬼已經不知去向。道士四下打探了一會兒說：「好在跑得不太遠，似乎跑到南院去了！」二郎忙回答：「那裏是我家啊！」道士於是又跟着二郎一起來到了南院。

來到南院，二郎一問妻子，果然剛剛來了一個老婦人，想來他家當保姆。

道士說：「她就是那個鬼。」說完拿出木劍，站在院子中間，大喊道：「女鬼！快把拂子還我！」那老婦人見勢不妙，剛想逃走，道士就衝了上去追打那老婦，老婦被打得摔倒在地上，身上的人皮「嘩啦」一聲掉在地上，立刻變成了一個難看的惡鬼，躺在地上像豬一樣嚎叫。道士拿起木劍一下就把惡鬼的頭砍了下來，那只鬼在地上越來越小，漸漸變成了一堆濃煙。道士拿出了一個葫蘆，把濃煙收到了裏面，然後捲起鬼蛻下來的人皮準備離去。

這時，王生的妻子陳氏跑過來哭着求道士想辦法把王生救活。道士說：「我可沒有這樣的法力。有一個人也許有這樣的力量，但他是個瘋子，住在集市上

的垃圾堆裏面。你去求求他吧！」於是
陳氏和二郎一起來到集市，找到了那個
瘋子。只見他瘋瘋癲癲的，從頭到腳髒
得不得了，鼻涕拖得足有三尺長，全身
發臭，根本沒辦法靠近。他一邊在路上
要飯，一邊胡亂地唱着歌兒。陳氏為了
救丈夫，無奈只好走近他，告訴他王生
的事情，求他救命。

　　瘋子問陳氏：「世界上男人那麼多，
都可以做你的丈夫，為甚麼一定要救他
呢？」說完就用要飯的棒子使勁打陳氏，
一邊打一邊說：「這個女子愛上我了！
可我不要你，快走吧！」打痛快了以後，
就從自己嘴裏取出一堆痰和唾沫來，讓
陳氏吃下去。陳氏已經是心力交瘁，看
着那堆讓人噁心的東西，簡直不知所

措。但是想起道士的話，又想到已經垂死的王生，最後還是異常痛苦地把它放進了自己的嘴裏。說也奇怪，那堆東西一放進去陳氏的嘴裏，就變得很硬，然後停在了胸口那裏。瘋子還是繼續又唱又叫：「這個漂亮的女子就是喜歡我啊！愛上了我啊！」然後走得不見了影子。

　　陳氏哭着回到了家，抱起丈夫的屍體，想到剛才所受的侮辱，只想跟着丈夫一死了之。當她哭得死去活來的時候，突然從她的嘴裏跳出來一個東西，就是剛才瘋子讓她吃下去的東西。那個東西竟然自己跳到了王生的胸膛裏面。陳氏仔細一看，原來是一顆人心，在王生的胸口裏還冒着絲絲熱氣。陳氏連忙把丈夫的身體放好，用被子包裹好，然

後用雙手不停地撫摸屍體，那身體竟然慢慢地由冷變熱了。等到了半夜，王生的鼻子裏也有了微弱的呼吸。到了第二天早上，王生竟然活了過來，而他胸口被撕破的地方，只剩下一個小小的傷疤，很快就痊癒了。

再後來，每當別人問起這事，王生總是說：「真的記不起發生甚麼啊，好像做了一場惡夢！」

輾轉難眠：指躺在牀上，翻來覆去，難以入睡。

豁出去：指不惜付出一切代價。

撫摸：指用手輕柔地按着，來回移動。

狐朋酒友

　　從前有個人姓車，家境並不太好，但是卻很喜歡喝酒，每天夜裏不喝上幾杯就睡不着覺，所以牀頭上的酒壺經常是滿着的。

　　一天夜裏，車生睡着睡着，忽然醒了，他翻了個身準備接着睡，卻忽然覺得有點不對勁——他的身邊似乎睡了一個人！他以為是蓋的衣服掉在旁邊了。用手慢慢摸過去，卻是個毛茸茸的東西。他又驚又怕，連忙點着蠟燭一照，卻原來是隻狐狸，像貓卻又要比貓大一些，像狗一樣蜷曲着，睡得非常香。他

再看牀頭上的酒瓶，已經空空如也。

　　車生不由得笑了，想道：「這隻狐狸跟我是同好啊，我可要好好結交一下這個特別的酒友。」看牠睡得香，又不忍心驚動牠。還給牠蓋好被子，抱着一起睡了。他特意留着燭光，想等一會看看牠究竟會變成甚麼樣。半夜時，狐狸打着哈欠醒來了。車生笑着說：「你睡得很香啊！」他再掀開被子看時，只見狐狸竟慢慢地變成了一個英俊瀟灑的年輕書生。那書生急忙起身對着車生跪拜，感謝他的不殺之恩。

　　車生一邊扶他起來一邊說：「快起來，我這個人最喜歡喝酒，別人都認為我太癡迷了。今天遇到你，看到你為了喝酒，不惜冒着殺身的危險，我才覺得

遇到了真正的知己。如果你不見外的話，咱倆就做一對好酒友吧！」狐狸見他大方，便也不再拘束，回答道：「一言為定。」車生請他上牀再接着睡。並且說：「你以後想來的時候就來吧，不用害怕。」第二天一早，車生醒來，發現狐狸已經走了，便特意在牀頭備了一瓶好酒，專等狐狸來喝。

到了晚上，狐狸果然又來了。於是車生與牠談了一整夜，又盡情暢飲。狐狸的酒量特別大，而且說話又很風趣，於是車生只覺得跟牠相見恨晚。狐狸說：「感謝您多次用好酒招待我，不知道我可以用甚麼來回報你呢？」車生說：「僅僅喝了幾杯酒，何足掛齒！」狐狸說：「話雖這麼說，但你畢竟只是個窮

　　酒能拉近人與人之間的感情，也能拉近人與狐

狸之間的情誼。

書生，幾個喝酒錢來得不容易。我應該為你想辦法弄點酒錢。」

第二天夜裏，狐狸來找車生喝酒的時候告訴他說：「從這裏往東南方向走，大約走七里路，可以看到路邊有被人丟下的銀子，你明天一早去將它們取回來。」第二天一大清早，車生便到了狐狸指定的地方去，果然拾得二兩銀子，車生高興極了，就用這些錢買了好酒好菜，晚上與狐狸一同享受。

沒多久狐狸又說：「你家後院的地窖裏藏着錢，可以挖出來用。」車生第二天照辦，果然又挖出一百多吊錢來。車生興奮地說：「如今口袋裏有錢了，再也不愁沒酒喝了。」狐狸卻連連搖頭說：「目光怎能這樣短淺呢？就算家財

萬貫，還是會有坐吃山空的時候。所以有機會你還是應該再想想別的辦法。」

後來有一天，狐狸突然對車生說：「市集上的蕎麥種子價錢很低，這是奇貨啊，可以大量收購回來。」車生對狐狸當然是言聽計從。他便馬上去市集收買了蕎麥四十多石，幾乎把能收的全都收了。大家都紛紛譏笑他，說他沒有生意頭腦。車生只是一笑了之。

過了沒多久，天氣大旱，到處的農作物都枯死了，只有蕎麥可以播種。車生見時機到了，便將蕎麥種子賣出去，竟賺了十倍的差價。從此車生變富裕了，他又購買了兩百畝良田進行播耕。播種的事他只聽狐狸的意見，狐狸讓他多種麥，結果第二年麥子就豐收；狐狸

讓他多種小米，結果第二年小米就豐收。就這樣，車生手裏的錢財越來越多，日子越過越紅火。

車生與狐狸之間一直保持着親密的酒友關係。後來就連車生的家人也把狐狸當作自家人來看待。而狐狸也一直稱車生的妻子為嫂子，又把車生的兒子當親生兒子一樣。

再後來，車生得病死了，狐狸從此消失，再也沒有出現過。

癡迷：指極度沉迷某個人或某些事物，到了不能控制自己的地步。

見外：指客氣了，把自己當作外人對待。

何足掛齒：指不用掛在嘴上，根本不值一提；也指事

情輕易辦好，毫不費力。

坐吃山空：只坐着吃，山也要空。指光是消費，沒
有生產，即使有堆積如山的財富，也要花
光。

失效的法術

　　嶗山山下的小城裏住着一戶姓王的人家，家中有七個子女。老七是個書生，他雖已經成家，但他從小就嚮往道術，聽說嶗山上有很多神仙，他便不顧妻子的反對，收拾行裝前去尋仙訪道，打算學一身本事再回來。

　　王生好不容易登上了嶗山，看見了一座環境清幽的道觀，裏面有一位氣度不凡的道士，正在打坐。王生看到這位道士，心中大喜，連忙上前行禮並說明來意，請對方收他為徒。道士仔細觀察了他一番，勸阻說：「你已經習慣了懶

懶散散過日子，練功是很苦的，恐怕你會受不了。」王生連忙表示自己無論遇到甚麼樣的困難，都可以堅持下去，最終道士答應了。

道士的徒弟很多，傍晚時分大家齊聚在道觀裏，王生跟他們一一見過後，便留下來了。第二天一大早，道士叫王生過去，給他一把斧頭，吩咐他跟隨眾人去砍柴，王生畢恭畢敬地答應了。然後他每天跟着大夥去砍柴，整整砍了一個月，手腳都磨出了厚厚的老繭，可道士還甚麼都沒有教他呢。每天日出而作、日落而息的生活，令王生感到既枯燥又勞累，他不由得產生了回家的念頭。

一天傍晚，王生砍了一天柴回到了道觀。正好看見師父與兩位客人飲酒。

天色漸漸地暗下來，道觀裏還沒有亮燈。這時師父大聲説：「我來為大家照明吧！」於是，他隨手剪了一張圓形的紙貼在牆上，不一會兒，那圓形變成了一輪耀眼的明月，將室內照得如同白晝一般。王生站在一旁簡直要看呆了，而各位弟子也都圍過來，好不熱鬧。

一位客人興致很高地説：「這樣的良辰美景，我們幾個人開心不如大家一起開心，何不讓各位弟子也與我們一同喝個痛快呢？」道士含笑點頭。於是，客人從桌上拿起一個酒壺，賞給眾弟子，並吩咐説讓大家放開喝，無需顧忌。

王生心裏暗想：「道觀裏這麼多人，區區一壺酒怎麼夠分？竟然還説開懷暢飲！」可是，他沒想到，大家紛紛拿來

杯碗，爭先恐後地搶着倒酒，那壺裏的酒竟然一點都沒有減少，怎麼倒都還是滿的，王生心裏驚奇萬分。

過了一會兒，另一位客人又笑着說：「感謝道長為我們升起一輪明月相照，不過這樣僅是飲酒未免還是有些寂寞，不如我把嫦娥請來，為大家歌舞助興！」說完，他把一根筷子拋進月亮中，一個仙女立刻從月光中飄落下來，起初大約只有一尺多高，等飛到地上後，變得跟常人差不多大小。那清麗脫俗的仙女在地上站定後，便開始扭動腰肢跳起了舞，一邊跳還一邊唱着：「仙君啊仙君，你尚在人間，為甚麼偏偏我獨自幽居在廣寒宮……」美妙的歌聲令人如癡如醉。唱完後，仙女又盤旋着飄然飛起，

越來越小，最後落到桌子上，仍舊變回了筷子。大家驚訝得嘴都合不攏了。

道士和客人們哈哈大笑，一位客人說：「好久沒有這麼高興了，我已經快喝醉了，請兩位陪我到月宮裏繼續喝杯餞行酒好嗎？」於是，三個人的座位慢慢升起來，竟然緩緩飛到月宮中。眾弟子好奇地抬頭仰望着他們坐在月宮裏飲酒的情形，他們的眉毛、鬚髯無不看得清清楚楚，就像人在照鏡子時，鏡子裏的影像一樣。

又過了一會兒，大家慢慢都有了些倦意，月光也漸漸地黯淡下來，直到四周一片黑暗。弟子們點上蠟燭後，發現只有道士獨自坐在桌旁，而兩位客人已經不知去向，桌上一片狼藉，牆上依舊

貼着那張圓紙。道士問眾弟子：「你們喝得還盡興嗎？酒夠喝嗎？」大家紛紛回答：「夠了，喝得好高興啊！」道士滿意地説：「喝夠了就早點去睡覺，不要耽誤了明天砍柴！」弟子們答應着退了下去。

這一晚的經歷令王生內心驚喜交加，他暫時打消了回家的念頭。可接下來的一個月，他每天的日常依照是砍柴、睡覺，道士絲毫沒有要教他法術的意思。王生實在受不了了，他找到道士，向他辭行道：「弟子歷經艱苦來到這裏拜師學藝，原想着即使不能學到長生不老的仙術，哪怕學點小小法術也是好的。可如今已過了兩個多月，每天不過是早晨出去砍柴，晚上回來睡覺。這

種清貧枯燥的日子甚麼時候是個頭？罷了，我準備回家去了！」

　　道士笑着說：「你來的時候我就告誡過你，說你未必吃得了苦，現在看來果然如此啊！明天一早你便下山去吧！」王生懇求說：「我在這裏也有兩個多月了，沒有功勞，也有一點苦勞，懇請師父教我一點小法術，好讓我回去有個交代，也算我沒有白來這一次。」道士問：「你想學些甚麼法術呢？」王生說：「我常見師父所到之處，能夠穿牆越壁，甚麼都阻擋不了，只要能學到這個法術，我就知足了。」道士答應了，唸唸有詞地教給了他一段口訣，讓他牢牢記住。

　　等王生記牢之後，道士讓他面對着

牆壁站立，唸一遍口訣，然後大呼：「進牆去！」王生有點猶豫，不敢上前。道士又說：「你試着往裏面走，不用怕！」王生這才小心翼翼地向前走，走到牆邊卻被牆擋住了。道士強調說：「不要猶豫，低頭向前猛衝！」王生後退幾步，然後向牆壁跑去，閉着眼睛一撲，一下子就穿過了牆壁！王生回頭一看，自己已經站在牆壁的另一邊了！心中興奮不已，連連向師父磕頭拜謝。道士則反覆吩咐他說：「回家以後要潔身自愛，切不可隨意賣弄，否則法術就不靈了！」然後給了他一些路費，王生就離開了。

王生得意揚揚地回到了家，可一到家，道士的話便被他拋到了腦後。逢人便炫耀說自己跟神仙學到了「穿牆術」，

　　一個人若心術不正，就算有再好的法術，也使用不了。

吹噓說再堅固的牆壁也擋不住他。他的妻子卻不以為然，王生便照着道士教的方法，站在離牆壁幾米遠的地方，唸一遍口訣，然後朝牆壁猛衝過去，結果「咚」的一聲，他的頭結結實實地撞到了堅硬的牆上，不但撞暈了跌倒在地，頭上還腫起一個雞蛋大的包。

　　妻子譏笑他吹牛。他又慚愧又氣憤，又咒罵那位道士沒安好心，存心欺騙他。可是，到底為甚麼「穿牆術」會失靈呢？他始終百思不得其解。

顧忌：指行動之前，心裏害怕這次行動會對人或對事
　　　產生不利。

餞行：指跟送別親友。

狼藉：形容亂七八糟的樣子。

耽誤：指拖延了時間，不利於事情的發展。

猶豫：指沒有主見，難以作出決定。

炫耀：特意在人前強調或誇大某方面的成就，比如金
　　　錢、地位、財富、權力等。

吹噓：指誇大地宣揚某些事物，如優點、成就、財
　　　富、美貌等。

字詞測試站 1

猶豫　彷徨

　　兩個詞都是形容人們拿不定主意，心裏搖擺不定，沒法行動的情狀。

　　猶豫：心裏拿不定主意，下不了決定。

　　彷徨：走來走去，不知往哪裏去好。

兩個詞義思相似，但用法不同。你能分辨出來嗎？試試看。

1. 遇到了這樣的難題，他也僅是
　　_____ 了一會兒，便立刻找到了答案。

2. 遇到失敗，不要悲傷；遇到挫折，不要 _____；堅持理想，明天就有希望。

3. 面對這樣的事情，我突然感到

_____ 無助。

4. 我很 _____ 這個答案對不對，該不
該說。

5. 不管多氣憤，不管怎樣 _____ ，他
總能保持頭腦清醒，冷靜地尋求解
決辦法。

6. 面對眾多的選擇，她很 _____ ，不
知道該選哪一個。

菊花姐弟

有一種菊花叫做「醉陶」，這種菊花的得名來源於一個故事。

馬生非常愛好菊花，只要一聽說有好的菊花品種，不管花多大代價都要把它買回家，種下來把玩，哪怕遠隔千里也在所不惜。一天，有一位客人借住在他家，說自己的表親有一、兩種菊花，十分名貴，是馬生所沒有的。馬生一聽便動了心，立即收拾行裝，跟客人去表親那裏取得兩株菊種，視若珍寶。

在回家的路上，馬生遇見一個年輕人，騎着驢子跟在一輛掛着簾子的車子

後面，斯文有禮。走近後，馬生便和他聊起天來。年輕人姓陶，和馬生聊到種菊的方法時說：「菊花的品種沒有不好的，關鍵在於人的培育。」馬生大為贊同，便問他要去哪裏。年輕人回答說：「車上是我的姐姐，她最近的日子過得很煩厭，想要換一個地方居住。」馬生熱情地說：「我家雖然不富有，但有幾間屋子還空着。如果不嫌簡陋，就在我家住下來吧。」

年輕人便走到車子前徵求姐姐的意見，車上的人推開了簾子答話，原來是一位二十多歲的美麗女子。她對弟弟說：「房子簡陋一點不怕，只要院落夠寬敞就可以了。」

於是，陶氏姐弟就跟着馬生一起回

家了。馬生房子的南面有塊荒蕪的花圃和三四間小房子，年輕人便很高興地和姐姐住到那裏了。每天年輕人都會到馬生的院子裏來為他料理菊花。菊花一旦枯萎了，他便拔出根來重新栽培，幾乎沒有不活的。

馬生的妻子呂氏，也很喜歡陶家的姐姐。時不時地給她送過去一些吃的、用的東西。陶家姐姐的小名叫黃英，很善交談。作為回報，姐弟兩人也經常到馬生家裏來坐坐，閒話家常，幫手做做家務，還一起吃飯。有一天，陶生對馬生說：「你家本來就不富裕，再加上我們每天吃你的，時間長了怎麼維持？不如我們平時也做點菊花的生意，這樣多少可以幫補一下家用。」馬生一向自視

清高，聽陶生這麼說，有點不滿地說：「我還以為你是個風流高雅的人，一定能安於貧困。如今卻說出這樣的話，真是把東籬當作市場，侮辱了菊花高貴的品性。」陶生笑着說：「依靠自己的勞動維持生活並不是貪婪，以賣花為業也不算庸俗。人雖說不能刻意謀求富貴，但也不一定要安於貧困啊！」

馬生聽了，久久沒有說話，陶生便起身出去了。從此，馬生所丟棄的殘枝劣種，陶生都把它們撿回去細心培育。而且，姐弟倆也很少再到馬家來吃住了，只有馬生特別邀請時才會勉強來一次。不久，到了菊花開花的季節，馬生聽見陶生的門前熱鬧非凡，像在集市一樣。他覺得很奇怪，便跑去偷看，只見

前來買花的市民，用車子裝的、肩挑的，絡繹不絕。而那些菊花都是奇異的品種，都是馬生沒有見過的。他很好奇，以為是陶生私藏了好的品種，就上門去問他。

陶生一出來，就握着他的手，把他拉進去。只見原來半畝寬的荒涼庭院現在都變成了菊壟，房子之外沒有空地。花一旦被挖走，就折斷別的花枝補插上了，園中那些即將開放的菊花，也都十分漂亮。當馬生仔細看時，才發現這些花全都是自己以前拔出來丟掉的。

陶生進屋後，便拿出一些好酒來，準備在菊壟旁邊設宴，並説：「一連幾個早上菊花生意都不錯，掙了一點錢，足夠我們今天喝個夠了。」過了一會兒，

只聽見房裏有人叫「三郎」，陶生答應着便進去了。過了片刻工夫，便端出一桌佳餚，烹飪水準非常高。馬生於是問陶生：「你姐姐為甚麼不嫁人呢？」陶生隨口回答：「還沒到時候。」馬生又問：「要等甚麼時候？」陶生答：「還要再等八個月。」馬生又盤問：「此話怎麼說？」陶生只是笑笑，卻不再說話。兩人於是開始喝酒，直到盡興後才散。過了一夜，馬生又來到陶生那兒，見剛插上的花枝已長到一尺多高了。馬生非常驚訝，便苦苦向他求教。陶生說：「這可不是言語可以傳授的，況且你又不靠這個謀生，學這個幹甚麼呢？」

過了八個月，馬生的妻子竟然病逝。馬生對黃英有意，便請人上門提親。

黃英很快就答應了。於是，他們選好日子舉行了婚禮，黃英便搬過來跟馬生一起住了。而陶生也每天過來找馬生下棋喝酒，從不結交別的朋友。陶生喝酒向來量大，而且豪爽，從來沒有見過他喝醉過。馬生有個朋友叫曾生，也是以酒量好著稱的。一天，曾生來看馬生，正好陶生也在，馬生便讓他們倆個比試比試酒量。兩人於是就縱情喝酒，十分痛快，有相見恨晚之感。他們一直從早上喝到半夜四更，每個人都喝了足足有一百壺。曾生爛醉如泥，沉睡在座位上。

陶生起身準備回去睡覺，出門後踩著菊畦便躺倒在地在，衣服蛻在旁邊，就地變成了菊花，有一個人那麼高，開了十幾朵花，都有拳頭那麼大。馬生十

分驚駭，連忙告訴了黃英。黃英急忙趕過來，拔出菊花放在地上，說：「怎麼能醉成這樣？」然後拿衣服蓋上菊花，天亮後再去看時，見陶生睡在菊壟旁邊。馬生這時才意識到姐弟倆都是菊花變的，心裏雖然有點不安，但因為相處得久了，倒也不覺得害怕。

　　自從陶生變過菊花之後，就更加放縱地喝酒了，一天，當一壇酒快喝光時，陶生又倒在了地上，變成了菊花。馬生習慣了，也不覺得驚奇，他學着黃英那樣，將其拔出來，守在旁邊觀察它的變化。過了很久，菊葉卻漸漸枯萎了，馬生一看，十分害怕，趕忙跑去告訴黃英。黃英一聽，嚇得大喊：「你害死我弟弟啦！」跑來一看，根莖都已經乾枯了。

有愛喝酒的人，就有愛喝酒的妖精。

黃英十分悲傷，馬上掐斷它的稈子，把它埋在花盆裏，端進閨房中，每天給它澆水呵護。馬生則悔恨不已。

　　過了幾天後，那盆中的花漸漸萌了芽。到了九月，開了花，矮矮的花莖，粉白的花朵，一嗅竟然有酒的芬香，馬生便給它取名為「醉陶」。說來也怪，這花平時用水澆灌不覺得有甚麼，但用酒澆灌時，便生長得特別茂盛。後來，這種菊花放到市場上賣，大受歡迎，慢慢地就流傳下來了。

煩厭：指不喜歡某些人或物，感到不耐煩。

荒蕪：指土地荒涼，無人管理，雜草叢生。

幫補：指在經濟上幫助補貼。

絡繹不絕：形容人、馬、車、船等來來往往，連續不斷。

壟：指鄉村田間種植作物的土行，中間用土高高填起來，高於兩側的土地。

相見恨晚：只恨相見得太晚。形容見面後就像遇到老朋友一樣，互有好感，十分合拍。

瘋道士種梨

　　有一個鄉下人推了一車梨，到集市上去賣。他的梨个头大，汁液多，味道十分鮮美，所以價錢自然也比較昂貴。

　　這時候，一位衣服破爛、蓬頭垢面的道士走過來，他看到這車鮮美的梨，便不由自主地走到賣梨的人跟前，想向他討一個梨子吃。鄉下人一邊嫌棄地躲開，一邊責罵他，讓他快快走開，別妨礙了自己做生意。但那道士死皮賴臉地就是不肯走，鄉下人惱怒起來，開始對道士破口大罵。道士並不生氣，只是嬉皮笑臉地說道：「你這麼一大車的梨子，

足足有幾百顆。我並不貪心，只是想討一顆嚐嚐，這對你來說，簡直是九牛一毛，不會有多大的損失。可是你不給也就罷了，還要對我罵罵咧咧，這究竟是為甚麼呀？請大家來評評理。」

在一旁圍觀的人們也都七嘴八舌，議論紛紛，有人勸說鄉下人隨便撿一個不好的梨子打發道士走就是了，然而鄉下人卻堅決不同意，只是嚷着要道士滾開。

正當他們吵鬧不休的時候，路邊一個店舖伙計實在看不過去，就走過來自己掏錢買了一個梨，送給道士。道士感激地向伙計拜謝了，然後回頭對旁邊看熱鬧的人羣說道：「出家人不知道甚麼叫吝嗇，我現在有好多好多美味的梨，

願意拿出來跟大家一起分享。」旁邊有人問他：「既然你自己有梨，為甚麼不吃自己的，還要向人家討梨吃？」道士回答説：「我只是需要這種梨的梨核作為種子。」道士説罷，便狼吞虎嚥地吃下了那顆梨，然後把梨核吐在手心裏，又從肩上解下一把鏟子，在腳下的地上挖了一個幾寸深的坑，把梨核埋了進去。眾人正在疑惑時，道士又向集市上的人要一壺燒開的水，説是要來澆灌它。

　　圍觀的人們都紛紛搖頭，他們以為這個可憐的道士是個瘋子。不過有些喜歡看熱鬧的人還是到路邊的店裏要來了一壺滾燙的熱水遞給了道士，道士接過來便澆在了坑裏。大家都好奇地盯着那坑仔細地看着，不一會兒，坑裏竟然真

的冒出了小樹芽，漸漸地越長越高，轉眼就長成了一棵大樹，一會兒又開了花，然後變得枝葉茂盛，又過了一會兒便結了果。只見這樹上的梨非常多，個個又大又圓潤。道士看差不多了，便走到樹下隨手摘下那些梨，分發給旁邊的人們吃，一會兒就分完了。大家一邊吃着美味的梨，一邊嘖嘖稱奇。

最後，道士又取下肩上的鏟子，把梨樹連根挖起。他叮叮咚咚地挖了很長時間，終於把梨樹伐倒在地。然後道士把梨樹連枝帶葉一起扛在肩上，從從容容地離開了。

那個賣梨的鄉下人一直混在看熱鬧的人羣當中，跟大家一起好奇地觀看道士種樹、分梨，他一眼不眨地看着熱鬧，

　　太過斤斤計較的人，有一天被人捉弄，也就不足為奇了。

生怕錯過了甚麼環節，自己的生意竟完全拋於腦後。等道士走了以後，他回過神來，這才回頭看自己賣梨的車子。結果上面的梨子竟一個也不剩了。此時，他才恍然大悟，明白到剛才道士分給大家吃的梨，全都是自己車上的。他再仔細看看，發現車上的把手也被人截斷了，上面留下新的斷痕，顯然是剛剛被截去的。

　　鄉下人心裏十分惱恨，急急忙忙前去追趕道士。當他轉過牆角，才發現車把手就丟在牆腳下面，這才明白道士所砍的梨樹正是這個車把。而此時道士早已不知去向了。集市上的人們看到他氣急敗壞的樣子，都被逗得哈哈大笑。

蓬頭垢面：頭髮凌亂，臉上很髒。舊時形容貧苦人生活條件很壞的樣子。

嫌棄：厭惡，不願接近的意思。

死皮賴臉：形容不顧羞恥、臉皮厚的樣子。

嬉皮笑臉：形容嬉笑、不認真的樣子。

罵罵咧咧：指一邊說，一邊罵；罵人的話和說話夾在一起。

嘖嘖稱奇：嘖嘖：歎詞，表示讚歎、驚異；奇：特殊的。指對奇異的事情，表示驚歎。

氣急敗壞：呼吸急促，狼狽不堪。形容因憤怒或激動而慌張地說話、回答或喊叫。

蛇的報恩

　　從前有個人，以耍蛇為生。他曾經馴養着兩條蛇，都是青色的。他叫大的那條大青，叫小的那條二青。二青的額頭上長了一個紅點，非常靈巧、溫順，平時對主人千依百順，所以深得主人喜愛，對牠另眼看待。

　　一年以後，大青死了。耍蛇人想要補上一條蛇，但卻一直沒有找到合適的。一天晚上，耍蛇人在山上的寺廟裏寄宿。到第二天天亮，他打開放在門口的竹簍看時，發現二青也不見了。

　　耍蛇人痛不欲生，難受極了。他四

處尋找，二青還是沒有任何蹤影。以前大青還在的時候，只要遇到深山密林，草木茂盛的地方，耍蛇人都會放兩條蛇出去，讓牠們自由自在地玩耍一陣子，過後不久，牠們就會很自覺地跑回來。也正是這個緣故，他總覺得二青只是跑出去玩耍了，不久以後肯定會自己找回來，所以他一直坐在原地。等了很久很久，太陽已經升得很高了，還不見二青的蹤影。他終於絕望了，只好難過地離開寺廟，準備趕路。

沒想到，他剛走出廟門幾步遠，忽然聽見草叢裏傳來一陣窸窸窣窣的聲音。他馬上停下來回頭看，驚喜地發現竟然是二青回來了，他欣喜若狂，簡直不敢相信自己的眼睛。於是，他放下擔

子，停在路邊，想和二青好好享受一下這份失而復得的喜悅。此時，他才注意到二青的身後，尾隨着一條小蛇。耍蛇人激動地蹲下來，俯身撫摸着二青說：「太好了，你終於回來了，我以為你要離開我了呢！後面那個小夥伴是你邀請過來的嗎？」耍蛇人當即拿出食物來分給牠們吃。小蛇有些害羞，縮着身子不敢遊過來吃。二青回頭看到牠的樣子，便大方地銜着食物去餵牠，完全是一副主人款待客人的樣子。耍蛇人看在眼裏，喜在心裏。過了好一會，耍蛇人再去餵牠，牠這才大膽地吃了。吃完東西，又休息了一會，小蛇便跟着二青一起乖乖地進到竹簍裏，耍蛇人背着牠們繼續趕路了。

在耍蛇人精心地訓練下，小蛇很快就掌握了各種表演的技巧和動作，牠熟練的程度，幾乎能趕上二青了。於是耍蛇人正式給牠取名叫「小青」。從此，耍蛇人帶着二青和小青走南闖北，到處賣藝獻技，日子雖然清苦，收入倒也算豐厚。

大凡耍蛇人馴養的蛇都是以二尺為標準的，太大了就會影響演出的效果，而且帶着四處行走也很不方便，所以一旦蛇長到了二尺多長時就需要更換了。但是由於二青太温順靈巧，耍蛇人一直捨不得放走牠，所以一直還是帶着牠。這樣又過了兩三年時間，二青此時已經長到三尺多長了，盤踞到竹籠裏佔得滿滿的，這時，耍蛇人才忍痛割愛，決定

要放牠離去。

　　一天，耍蛇人來到一處山頭停了下來。他先給二青好好地餵了一頓美食，然後把牠放到草叢裏，示意牠離開，並祝福牠來日平安。於是二青就走了，可沒走多遠，牠又飛快地回來了。牠一直在竹簍外面盤桓着，不肯離去。耍蛇人也捨不得，他含淚向牠揮手，說道：「你快快去享受自由自在的生活吧！世上沒有不散的筵席，你以後隱居在深山大谷，可能會化為神龍喲，這個小竹簍不是你的久居之地！」可是二青還是不肯離去，頻頻地用頭碰觸着竹簍，裏面的小青也隨着牠動來動去。

　　耍蛇人這才醒悟過來，他問二青：「你是不是還想和小青告別一番？」於是

便打開竹簍，小青一下子便遊了出來。小青和二青糾纏一起，難捨難分，彷彿有說不完的悄悄話。一會兒，兩條蛇一起遊走。耍蛇人以為小青不會再回頭了，怎知道很快小青就獨自回來，還主動爬進竹簍臥着。

此後，耍蛇人到處物色，卻一直尋不到一條理想的好蛇。小青這時也漸漸長大了，不能繼續演出。後來耍蛇人雖然又找到一條蛇，也比較溫順聽話，但始終不如小青那麼善解人意，而小青也漸漸長得像小孩子的手臂那麼粗大了。

後來，二青在牠所生活的深山裏出沒，時常被附近的村民撞見。又過了幾年，二青已有好幾尺長了，身體足足有碗口那樣粗。牠時不時出來追逐行人，

以致來往的路人互相告誡，都不敢從那裏經過。

這件事很快就傳到耍蛇人耳中。一天，耍蛇人也從那裏經過，有一條蛇突然出現，像一陣疾風似地追趕過來。耍蛇人非常害怕，拚命逃跑，那蛇緊追不捨，眼看就要趕上了，耍蛇人回頭定眼一看，見到那蛇頭上有一個很清晰的紅斑點，這才斷定是二青，連忙放下擔子，大聲叫道：「二青！二青！」那蛇馬上停了下來，昂起頭和主人對視了很久，然後像以前一樣，很親熱地纏繞在耍蛇人身上，和他打招呼。可惜牠太粗壯了，耍蛇人承受不住牠的重量，就躺在地上任憑牠纏在身上。

二青跟主人親熱夠了，又用頭去觸

碰竹簍，耍蛇人明白牠的意思，就把小青從簍裏放出來。兩蛇非常親熱地交纏在一起，很久才分開。耍蛇人看在眼裏，想了一會，就對小青說：「其實我早就想放你走了，今天正好有了個伴。」又對二青說：「小青本來是你引來的，現在還是跟隨你離去吧。還有，深山裏有的是吃的喝的，再也不要騷擾路過的行人了！」

小青和二青似乎聽懂了，雙雙低下頭來。然後，二蛇突然騰空躍起，二青在前，小青隨後，凡是牠們經過的地方，草木都自動向兩邊分開，形成通道。耍蛇人定定地站在原地看着牠們遠去，直到望不見影子才茫然地離開。從此之後，行人往來如常，沒有人知道那兩條

蛇去了甚麼地方。

千依百順：指非常順從，十分聽話。

盤桓：徘徊、逗留住宿的意思。

　　蛇雖是愚蠢的動物，卻也會對養育牠的人有很

深的眷戀之情。

神秘的「醫術」

　　一位年輕女子，大約二十四五歲，模樣俏麗可愛。她隨身帶着一個藥箱，來到村裏臨時租了個小房子安置下來，說是要為村民們行醫治病。但是，凡是找她看病的人，她都告訴對方自己只記錄病情，但不能開出藥方，要等到晚上請教過幾位天上的神仙後再開出。

　　那天夜幕降臨後，她把小房子打掃得乾乾淨淨，把自己關在裏面。那些求醫問藥的人就簇擁在門窗旁邊側耳傾聽，他們全都小心翼翼地屏住了呼吸，連咳嗽聲都不敢發出來，生怕驚動了裏

面隨時會到來的神仙。

　　快到半夜的時候，忽然聽到一陣門簾響動的聲音。接着女子在屋裏大聲說：「是九姑來了嗎？」一個年長女子回答說道：「嗯，是的。」女子又問：「臘梅也跟着九姑來了？」一個小丫頭清脆的聲音傳來說：「是呀，我也跟來了。」於是三個女子說話的聲音便雜亂起來，你一言我一句，絮絮叨叨個沒完。

　　過了一會兒，又聽到一陣腳步聲，女子又大聲說：「六姑你終於來了嗎？」接着聽到幾個女子雜七雜八的說話聲：「春梅也背着小孩子來了嗎？」一個中年女子的聲音說道：「本來不想帶她的，但她可真是個調皮固執的孩子，怎麼哄也不睡，一定要跟着我來湊熱鬧。我一

直背着她，快要累死啦！她簡直有百斤重似的！」接着是一片嬉笑聲，又有女子般勤的接待聲、九姑的詢問聲、六姑與眾姐妹們的寒暄客套聲、兩個小姑娘之間相互問好的聲音、小孩子的嬉鬧聲，一起紛紛雜雜地傳出來。只聽女子笑着説：「小郎君真是太有趣了，大老遠的還抱了個貓兒來！」接着又有貓咪的叫聲傳出來⋯⋯漸漸地，屋裏眾人説話的聲音稀疏下來了。

不一會兒，門簾忽然又響了一聲，滿屋子又重新喧嘩起來。女子問：「四姑怎麼來得這樣遲？」只聽一個細聲細氣的女子的聲音説：「別怪我們慢，這可是足足有一千多里路呢，我同阿姑走了好久才到的。阿姑又不比你們年輕

人，她走得比較慢啊！」於是，又響起了各人的問好聲、移動椅子的聲音、招呼着加座位的聲音，屋內人聲鼎沸，各種聲音相互摻雜在一起，好一陣工夫才又安靜下來。

接下來，就聽到女子開始根據白天看病的村民的病情，詢問着藥方和劑量的聲音。九姑就說應該使用人參，六姑則認為應該用黃芪，四姑說應該用白朮……屋裏的眾人似乎協商、討論了一會兒，最後聽到九姑喊人拿來筆墨，然後就是摺紙的聲音、「哧哧」的撕紙聲、筆帽扔到桌子上的響聲，以及磨硯發出的「隆隆」聲，最後是筆扔在桌子上的聲音和抓藥、包裝、捆紮的聲音。然後屋裏的人又開始討論下一位病人的病情……

許久許久之後，屋裏終於安靜下來，討論似乎已經結束了。在窗户旁邊傾聽的人們彷彿還沉浸在剛才屋內熱烈的氛圍當中。此時，女子突然掀開門簾走出來，手裏大包小包地拿着一堆藥。她依次召喚着病人的名字，然後一邊把藥方和藥包遞出去，一邊笑吟吟地收錢。

　　女子派完藥包後轉身回屋了。之後，三位仙姑的辭別聲、丫鬟的告別聲、小孩子的咿呀聲、貓咪的叫聲，幾乎同時響起。眾人都覺得自己親歷了這次神仙看病的過程，又得到了靈丹妙藥，心中激動不已，一個個忙着回家試藥方去了。可是，幾日過去了，拿到藥方的病人，病情卻絲毫不見好轉，有些反倒加重了。

此時，眾人再回頭找那位年輕女子，她早已經不知去向了。一位閱歷較豐富的人就站出來跟大家講了一件事情：有一次，他在京城辦事。偶然從集市上經過，聽到一陣悠揚、悅耳的聲音，彷彿是一個樂團在表演合奏，豎琴、琵琶、笛子、二胡……以及許多叫不上名字的樂器發出的聲音巧妙地融合在一起，十分動聽。觀看的人圍得裏三層、外三層，簡直是水洩不通。他便奮力擠到前面觀看，卻原來只有一位少年坐在那裏表演，他的手裏並沒有拿任何樂器，只是用一隻手的十個指頭按着臉頰，一邊按一邊發出各種聲音，聽起來卻與一個小樂隊演奏發出的聲音無異。這，其實就是民間所流傳的口技了。

眾人這才恍然大悟。那位年輕的女子，無非就是借了這種技能來賣藥糊弄大家。不過話說回來，大夥雖然受了騙，卻一致認為，那位年輕女子的口技水準，真是夠高超的了。

簇擁：圍着，聚成一團。指許多的人圍着一個人（或物）。

絮絮叨叨：形容說話囉嗦，來來回回地重複說着。

雜七雜八：形容東西非常混雜或事情非常雜亂。

閱歷：閱：經過。指一個人親身見過、聽過或做過；以及這些經歷的理解和收穫的知識。

字詞測試站 2

AABB式疊詞

「罵罵咧咧」和「絮絮叨叨」都是 AABB 式疊詞，用來形容人們說話時的情狀，更顯生動有趣。

類似用法的AABB式疊詞有不少，以下例子，你認識多少？

期期　巴巴　吾吾　唯唯　吐吐　叨叨

1. 結結□□：形容緊張時，說話不流利。

2. 支支□□：形容說話遮遮掩掩，含糊不清。

3. 吞吞□□：想說，但又不痛痛快

快地說。形容說話有所顧慮。

4. □□諾諾：形容自己沒有主意，
   一味聽從別人的意見。

5. 嘮嘮□□：形容說起話來沒完沒
   了的樣子。

6. □□艾艾：形容口吃的人說話用字
   重複，不流利。

從畫中跑出的馬

山東有個姓崔的書生，家裏非常貧窮，連院子裏的圍牆破損了也無力修補。有一段時間，崔生早晨起來，常常見到一匹馬躺在自家院子的草地上面。那匹馬非常俊美，黑色的毛髮，上面點綴着一些白色的花紋，只有尾巴的毛參差不齊，像是被火燒過了一樣。崔生以為這是附近哪家鄰居的馬，可能跟主人走散了，才跑到這裏來了，於是將牠趕跑，但是一到晚上這匹馬又跑回來了。崔生打聽了附近許多人家，誰也不知道這匹馬是從甚麼地方來的。

崔生有個好朋友在山西，崔生一直很想去拜訪他，但是兩個地方距離太遙遠了，而他自己又沒有養馬，所以一直不能成行。如今他看到這匹無主的馬，又動了去看望朋友的念頭。

於是到了晚上，當馬又跑回來的時候，崔生便將牠拴好，配上馬鞍轡頭。自己也準備好行裝，第二天一早便動身去山西。臨走的時候，他囑咐家人說：「假如有人來找馬，就把我去山西暫時借用一下的事情如實告訴他。待我回來後再將馬還給他們。」

崔生上路以後，馬一直飛快地奔跑着，一眨眼的功夫就跑了上百里路。到夜裏，崔生又累又餓，便找了個落腳的地方休息。他給馬準備了一些飼料，牠

卻不怎麼吃，崔生懷疑牠因為跑得太快而累病了。第二天騎馬的時候，崔生就勒緊馬繩，不想讓牠跑得太快。但是馬又嘶叫又噴沫，顯得十分難受，崔生只好鬆開馬繩，任憑牠風馳電掣。

就這樣，剛過中午，崔生就來到了太原，比他原先計畫的時間快了好多。崔生騎着馬在街上奔跑時，旁觀的人無不讚歎牠的速度之快。

這件事很快便傳到一個富商的耳中。他是一個愛馬成癡的人，聽到有這樣一匹速度驚人的馬，立即表示要出高價購買。但是崔生害怕丟馬的人會前來找尋，遲遲不敢出售。

一直過了半年，從來沒有人來尋找這匹馬，也沒有誰家有丟馬的消息傳

出。於是崔生放下心來，以八百兩銀子的高價將馬賣給富商，自己另外買了一頭健壯的騾子當坐騎。

有一次，富商有緊急要事，便派一個僕人騎着那匹馬到外地去辦。但沒走出多遠，那匹馬便獨自跑掉了，僕人一直追趕到崔生的鄰居曾生家的門口，眼見馬進門後就不見蹤影。僕人上門向曾生討要，可是曾生非常困惑，他表示自己根本沒有見到過甚麼馬的蹤影。僕人根本不相信，他走進曾生的家裏，看到他家的牆上掛了一幅趙子昂畫的馬，其中有一匹馬的毛色與跑掉的那匹馬完全一樣，尾巴的部分也是像被火燒過了一樣，這才恍然大悟，明白這匹馬原來是畫上的馬成了精，從畫裏跑出來了。

僕人因為沒法向主人交代，不得已準備去衙門告曾某。這時崔生用當初賣馬的本錢，通過做生意已經積累了很多身家。他聽說了這件事，就主動提出替曾生將八百兩銀子交給富商。僕人於是不再追究，拿着銀子回去交差了。

曾生非常感激崔生的幫忙，卻沒有想到崔生就是當年把馬賣給富商的人。

鬼仙治病

　　有一個叫王蘭的人忽然暴病身亡。可是，閻王細細地查閱自己的生死簿，卻發現是鬼卒鈎錯了魂魄，實際上，王蘭的陽壽還未盡呢。於是閻王命令鬼卒送他回到人間。可是當鬼卒找到他的屍體時，發現屍體早已腐爛。鬼卒怕閻王怪罪下來，便跟王蘭說道：「由人變成鬼是很辛苦的，可是如果能由鬼變成神仙，豈不是很快活的事？我有辦法讓你變成鬼仙，你就別做人了吧！」

　　王蘭想了想覺得也不錯，便問道：「怎樣才能從鬼變成仙呢？」鬼卒回答

説：「你跟着我走，我自有辦法。」於是鬼卒領着王蘭進了一座大宅院，只見裏面有很多樓閣，都是空無一人。鬼卒領着王蘭上了一座閣樓，借着月色，王蘭看到一隻狐狸仰着頭，牠一呼氣，就有一個小丸子從嘴裏飛出來，一直飛到天上，好像進到了月亮裏；牠再一吸氣，那小丸子就又神奇地回到了牠口中。

鬼卒悄悄地繞到狐狸身旁，等牠再呼氣時，一伸手，將那粒小丸抓到了手裏，回身交給王蘭，急急地説道：「快吞了它！」狐狸大吃一驚，要找鬼卒算帳，可是見到鬼卒身後還有王蘭，怕不是他們的對手，這才憤然離去。

鬼卒對王蘭説道：「你吃了此丸，便能知道未來的事，還能妙手回春，跟

神仙也沒甚麼兩樣啦。你快回家去吧！」

王蘭謝過鬼卒，便回了家。妻子見到他，以為見到鬼了，慌得要逃命。王蘭將實情跟妻子說了，從此住在家中，與常人沒有區別。

王蘭有個朋友姓張，聽到口風說王蘭活過來了，便來他家裏看是不是真的。二人見了面，寒暄了一陣，王蘭說道：「我們兩家一向都很窮，如今我掌握了一種法術，可以讓咱們都過上好日子。你願意跟着我幹嗎？」張生一聽到有致富的辦法，馬上回答道：「只要不再窮困，我跟着你幹就是了！」王生說道：「我的法術是不用藥就能給人治病，不算卦就能知道人的吉凶禍福。只是，別人都以為我已經死了，我若現身，怕

嚇到他們。我只有附在你身上行事，你看可以嗎？」「行！」張生二話不說，便答應了下來。

他們簡單地收拾了一點行裝，然後王蘭便附在了張生身上。他們向着山西出發，走了很久，終於到了山西。這裏剛好有個富翁，女兒忽然得了重病，前前後後看了許多醫生都不見起色。富翁便放出話來，誰醫好了自己的女兒，一定重重酬謝，賞千兩銀子。這一日，張生來到富翁家門前，自稱可以治好小姐的病。富翁便帶着張生去見女兒，只見小姐睡在那裏，沒有知覺，好像死了一樣。

王蘭悄悄地告訴張生：「小姐的魂魄不見了，我去把她找回來。」張生便

向富翁説道：「小姐的病雖然兇險，但是還有救。」富翁大喜，問道：「要用甚麼藥你儘管開口！再貴的藥我們也買得起！」張生回答説道：「無須用藥，小姐得的是失魂症，我已經派神人去尋找她的魂魄了。」大約過了一個時辰的光景，王蘭回來了，重又附在張生身上。張生便站起身，説道：「可以了，請隨我去見小姐吧！」富翁半信半疑，跟着張生來到女兒的閨房裏。只見小姐緩緩地伸了個懶腰，睜開了眼睛。

富翁大喜，問女兒發生了甚麼事。小姐道：「我剛才在花園裏玩耍，見一位少年拿着彈弓打麻雀，身後跟着一隊隨從。我想要迴避，卻被他的手下攔住。少年將彈弓遞給我，要教我打麻雀。我

不答應，罵他無理，他便硬將我抱上馬，跑了很遠的路，進了一座山。我在馬上又哭又罵，激怒了那位少年，他便一把將我推落到馬下。我倒在路邊，想回家卻又找不到路。幸好這時來了一個人，拉起我就跑，一轉眼就到了家，簡直像做夢一樣。」富翁大為驚訝，以為張生是神仙，痛痛快快地就給了張生一千兩銀子。

到了夜裏，王蘭與張生商議後，張生留下了二百兩做路上的花費，剩下的銀子由王蘭拿着帶回家，又叫王蘭的兒子給張生的妻子送去了三百兩。第二天，張生來跟富翁辭行，富翁見他兩手空空，不知道他把銀子藏在何處，愈發覺得他神奇，又送了厚禮給他。

過了幾日，張生遇到同鄉賀才。賀才不種田，又好賭，所以家裏很窮。聽說張生忽然學會了法術，賺了很多銀子，便來投奔張生，想跟着他一起發財。王蘭便勸張生送賀才一點小錢，打發他走。賀才拿了錢，沒過幾天，就花光了，便又來找張生。王蘭便囑咐張生道：「賀才是個反覆無常的小人，不可深交。你再給他一點錢讓他走就是了。」果然沒過幾天，賀才又找上門來了。張生道：「我早知道你會再來。你拿了錢就去賭，就算給你千金，也填不上你那個無底洞。你若肯改過自新，我這兒有一百兩銀子，你拿去好好過日子吧！」賀才連忙點頭哈腰地說道：「你放心，我以後一定再也不賭了！」

可他拿着銀子，轉身就進了賭場。
此時他因為有百兩銀子在手，更是放肆
地豪賭，除此之外，還去逛妓院。縣上
的差役都知道他家裏一貧如洗，卻忽然
這樣有錢，懷疑他得了不義之財，便將
他抓進衙門。一頓拷問之後，賀才馬上
就把張生供了出來。差役便押着賀才去
捉拿張生。

　　幾天之後，賀才身上的傷口化膿發
作，死在了路上，可他的魂魄還不忘去
找張生，於是便遇見了王蘭。那天夜裏，
王蘭與張生請賀才在路邊喝酒。賀才喝
醉了，在那裏大聲嚷嚷。正巧御史從這
裏經過，聽到有人吵鬧，便叫人過去查
看，結果便將張生捉了回來。張生害怕
得要命，隨即將發生在自己身上的事情

一五一十統統地說了出來。

御史聽完大怒，以為他在撒謊，將他暴打一頓。但他心裏隱約又覺得張生的話有幾分像真的，便將他的話寫成文書，在神位前焚燒，請求神明指引。當晚，御史便夢見一個金甲人來找他，下旨道：「我們已查明王蘭無辜而死，現在是鬼仙。他利用法術行醫救人，不能把他當成邪術。現已奉玉帝的旨意，封他做清道使。賀才為人心術不正，行為不端，已經罰他到鐵圍山受苦。張生無罪，就當庭釋放吧！」

御史醒來，覺得夢做得非常離奇，卻又不敢違背，於是將張生無罪釋放。張生回家後，把自己餘下的數百兩銀子分了一半給王蘭家。從此兩家都過上了

富足的生活。

寒暄：問寒問暖。指賓主見面時，談天氣冷暖之類的

應酬話。

字詞測試站參考答案

字詞測試站 1

1. 遇到了這樣的難題，他也僅是 猶豫 了一會
   兒，便立刻找到了答案。

2. 遇到失敗，不要悲傷；遇到挫折，不要 彷徨 ；
   堅持理想，明天就有希望。

3. 面對這樣的事情，我突然感到 彷徨 無助。

4. 我很 猶豫 這個答案對不對，該不該説。

5. 不管多氣憤，不管怎樣 彷徨 ，他總能保持頭
   腦清醒，冷靜地尋求解決辦法。

6. 面對眾多的選擇，她很 猶豫 ，不知道該選哪
   一個。

字詞測試站 2

1. 結結巴巴　2. 支支吾吾　3. 吞吞吐吐

4. 唯唯諾諾　5. 嘮嘮叨叨　6. 期期艾艾